恐龙岛的秘密

[德]迈克尔·罗斯波勒/著

[德]乌特·西蒙/绘

赵蔚婕/译

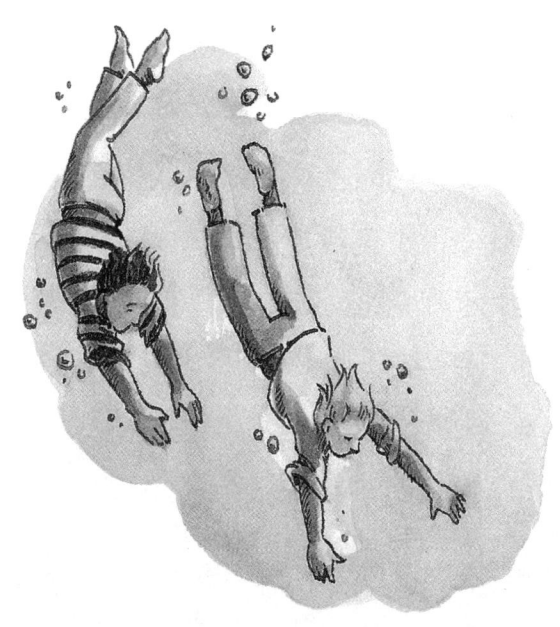

天津出版传媒集团

新蕾出版社

图书在版编目(CIP)数据

恐龙岛的秘密/(德)迈克尔·罗斯波勒著;(德)乌特·西蒙绘;赵蔚婕译.—— 天津:新蕾出版社,2023.7(2024.3重印)
(大科学家和小侦探)
ISBN 978-7-5307-7522-6

Ⅰ.①恐… Ⅱ.①迈…②乌…③赵… Ⅲ.①儿童小说-侦探小说-德国-现代 Ⅳ.①I516.84

中国国家版本馆CIP数据核字(2023)第031858号

Title of the original German Edition: Das Geheimnis der Dracheninsel (Charles Darwin)
© 2007 Loewe Verlag GmbH, Bindlach
Simplified Chinese translation copyright © 2023 by New Buds Publishing House (Tianjin) Limited Company
ALL RIGHTS RESERVED
津图登字:02-2022-032

书　　名:	恐龙岛的秘密　KONGLONG DAO DE MIMI
出版发行:	天津出版传媒集团 新蕾出版社 http://www.newbuds.com.cn
地　　址:	天津市和平区西康路35号(300051)
出 版 人:	马玉秀
电　　话:	总编办(022)23332422 发行部(022)23332351　23332677
传　　真:	(022)23332422
经　　销:	全国新华书店
印　　刷:	天津新华印务有限公司
开　　本:	880mm×1230mm　1/32
字　　数:	45千字
印　　张:	4.25
版　　次:	2023年7月第1版　2024年3月第2次印刷
定　　价:	26.80元

著作权所有,请勿擅用本书制作各类出版物,违者必究。
如发现印、装质量问题,影响阅读,请与本社发行部联系调换。
地址:天津市和平区西康路35号
电话:(022)23332351　邮编:300051

一 水中游龙 /1

二 贪吃的窃贼 /12

三 惊人的发现 /23

四 碎纸片上的谜团 /33

五 宝藏密钥 /45

六 隐匿的入口 /57

七 潜入未知 /70

八 铁手船长的陷阱 /82

九 海盗的报复 /91

十 窃贼归案 /104

答案/116

查尔斯·罗伯特·达尔文生平大事年表/120

查尔斯·罗伯特·达尔文
　——现代进化论的创始人/122

一

水 中 游 龙

　　海浪层层翻涌,小艇如漂流瓶般随之摇曳起伏。水手们卖力地摇着船桨,将小艇划进圆弧形的海湾,准备靠岸。巍峨的悬崖紧邻海水,被翻涌的波涛拍打着,回荡着澎湃之声。远处狭长的沙滩上,散卧着无数的礁石,这些灰黑色的玄武岩①好似乱石堆起的堡垒,又仿若古人为防御外敌入侵而筑成的杰作。

　　小艇随波晃动着,坐在上面的嗅嗅有些晕船想吐,内心因即将要探访这座幽居汪洋的荒芜孤

---

①玄武岩,火山喷发出的岩浆冷却后凝固而成的一种岩石,多为黑色或暗绿色。

岛紧张不已，而这里随处可见的古怪动物更让他心里犯怵。

最让嗅嗅害怕的，是那些至少得有一米长的黑蜥蜴。在"小猎犬号"探测船①上当了近四年的厨房帮工，已经游历了大半个世界的嗅嗅还从未见过这种生物。它们婉若游龙，在小艇周围蜿蜒而过。对于这些动物而言，嗅嗅的存在应该无关痛痒。可嗅嗅一直心怀戒备地盯着它们。毕竟，这些"小龙"心里打着什么算盘，谁都无从知晓。

"你要是敢把手伸到水里，我就给你一个先令②！"膀大腰圆的厨师"杰克刀"坐了过来，和嗅嗅开玩笑。

---

① "小猎犬号"探测船，又称"贝格尔号"探测船，达尔文随船进行了五年的环球博物考察。这艘船堪称孕育了达尔文进化论的摇篮。
② 先令，英国的旧货币单位，1英镑=20先令。先令在1971年英国货币改革时被废除。

恐龙岛的秘密

厨师的本名是杰克·汉森,由于使用厨刀切菜切肉又快又好,被船上的人冠以"杰克刀"的别名。

嗅嗅犹豫不决,紧咬着下唇。他不想给人留下"胆小鬼"的话柄,于是轻蔑地回嘴:"有本事你先伸呀!放心,要是你的指头被咬掉了,我给你包扎。"

"两位先生,不用担心!"小艇上传来另一个人的声音,"你们看,这些动物正潜下去找海藻吃呢,好神奇。如果我没判断错的话,它们是食草动物!"

嗅嗅与"杰克刀"回过头,小艇上共有五个人,除了他们两个和两名掌舵的水手,便只剩眼前这个二十多岁的年轻男人了,刚刚的话便出自这个家伙之口。他名叫查尔斯·达尔文,是"小猎犬号"上的科学家之一,一个富有热忱的自然

研究者。无数次的上岸考察已经彰显了他在生物学与地质学方面的渊博学识。此刻的他,似乎并未察觉到自己正被那两人注视着。

"我还从来没有遇到过这种蜥蜴,"达尔文一边若有所思地说着,一边趴在小艇边缘,上半身几乎全部探到了艇外,"在鬣蜥科①里,我还不知道竟有把海洋作为栖息地的蜥蜴品种,毕竟只有极少数的变温动物②能够做到这一点。"

---

①地球上约有3000种蜥蜴,鬣蜥科是其中一类。它们体形较大,身上有鳞片,背部有刺,这样的外表会让人联想到恐龙或鳄鱼。
②变温动物,俗称冷血动物,指的是无法自行调节体温的动物。其体温随外界温度的改变而变化,需要靠晒太阳来提高体温,靠钻入洞穴或冬眠来降低体温。除鸟类与哺乳动物以外,几乎所有动物都是变温动物。

恐龙岛的秘密

一只蜥蜴游了过来,达尔文把手伸入水中,着迷地抚摸着它的脊背。嗅嗅与"杰克刀"惊得瞪大了双眼,满心担忧地看着他。不过对那只蜥蜴而言,这样的抚摸似乎连抓痒痒都算不上,它很快就又潜入了水中。

达尔文的神情变得有些惆怅,他的目光追随着蜥蜴的身影。"海水这么冷,变温动物肯定不能长时间待下去。"他解释道,"水这么凉,它

们的血液会冷却,肌肉会变僵硬。所以,这些蜥蜴每次潜完水后,得浮出水面接触一下温暖的空气,好让身体变热。"

小艇逐渐靠岸了,船体摩擦泥沙的声音打断了达尔文先生的话。一个水手跳下船,把小艇拽到海滩上的礁石后方,让它免遭海浪的冲击。这是一个沉默寡言、体格健壮的水手,大家都叫他"西班牙人"。一旁的嗅嗅与"杰克刀"则忙着把物资搬运上岸。达尔文先生似乎无心纠结于这些琐碎小事,他立即着手勘察眼前高耸的玄武岩,这些礁石足足有两米高。

"他倒是会享清福。"嗅嗅愤愤不平地冲年长的"杰克刀"抱怨,"咱们在这儿做牛做马,他这个科学家却去给石头挠痒痒!"

厨师"杰克刀"皱起了眉头,把食指竖起放在唇前,示意助手不要再说了。"小猎犬号"上的

恐龙岛的秘密

普通船员们必须予以随船考察的科研人员足够的尊重,要是有人投诉到船长那里,船员们必会受到严厉的惩罚。所幸,达尔文先生正全神贯注地观察着岩石,似乎忘记了周遭的一切。因此,面对"杰克刀"无声的告诫,嗅嗅只是不以为意地翻了个白眼,又吭哧吭哧地从艇里搬了一袋面粉到沙滩上。

"西班牙人"与另一个水手也不情不愿地帮着卸货。另一个水手的眼球凸起,因此绰号叫"鱼眼"。人多力量大,不一会儿,他们就卸下了所有的物资。之后,两名水手登上小艇,划向大船,而嗅嗅、"杰克刀"和达尔文先生则留在了海滩上。

嗅嗅望着小艇渐行渐远,驶向抛锚①停泊在

---

①锚,一种停船用具,一般为带爪的铁钩。停船时,锚连接着锚链沉入海底泥层,锚链的另一端连接着船,如此船体便得以固定。

海中的"小猎犬号"。这是一艘性能优越的三桅帆船,从南美洲海岸航行至此,到了这个西班牙语中叫作"加拉帕戈斯"的偏远群岛。一路长途跋涉,船体有一处被撞破了——损坏虽然不是很严重,但"小猎犬号"仍急需维修。毕竟,渗入的海水会让船舱变得潮湿,导致物资发霉变质。遵照罗伯特·菲茨罗伊船长的指令,嗅嗅与"杰克

恐龙岛的秘密

刀"要把船上的食物搬到岸上,并搭建一个临时仓库,等漏水的地方修补好之后再搬回去。

"来吧,嗅嗅,""杰克刀"招呼他的帮手,"咱们去看看在哪儿扎营比较好,然后把这些吃的东西都搬进去。"

两人三下两下便爬上了高高的礁石堆,向周围望去。这里除了灰黑色的岩石以及零星的灌

木、仙人掌之外，似乎再无他物。

忽然，"杰克刀"转过身，对年轻同伴低声吼道："嗅嗅，快躲到我身后！这儿全是蜥蜴！"

这时，嗅嗅才注意到，就在两人前面几米远的地方，蹲着至少二十只黑黢黢的蜥蜴。它们冷峻的双眼直直地盯着面前的两个人。扁圆的鼻子、锯齿状的背鳍、长鞭状的尾巴让这些原始蜥蜴显得越发凶恶。

"可达尔文先生说了，它们是食草动物。"嗅嗅连反驳的底气也不足了，声音小得像蚊子叫。

"可万一他搞错了呢？""杰克刀"悄声回应，"不管达尔文先生怎么说，在我看来，这帮野兽正等咱们俩走到它们跟前，就一口干掉咱们这两个多肉多汁的家伙。要不然，它们在这儿等什么呢？"说着，"杰克刀"后退了一步。

嗅嗅犹豫着。他思索片刻，坚定地摇摇头，说："我知道它们在这儿干什么了，咱们不用怕。"

二

贪吃的窃贼

"你说得对,没必要害怕它们。"他们身后传来了达尔文先生的声音。他也爬上了礁石,走到嗅嗅与"杰克刀"旁边,"这些蜥蜴是无害的,这点我完全肯定。它们是冷血动物,在海水里冻了那么久,行动都迟缓了。所以,它们要在这儿晒晒日光浴,让身体回温。"

"杰克刀"仍然是一副未被说服的样子。"达尔文先生,我刚才说的,您别介意。"他支支吾吾地说,"我只是担心这孩子,不想让他出事。"

查尔斯·达尔文笑了,说:"我当然理解。不过,眼见为实,您看呀……"

恐龙岛的秘密

说着,达尔文走向这些蜥蜴。他的神情怡然闲适,仿佛不是置身于一动不动的蜥蜴群中,而是漫步于周日午后的公园里。他跨过一只只蜥蜴,它们连头都没回一下。他甚至拿出卷尺,测量起了其中一只蜥蜴的身长,那慢腾腾的庞然大物居然也毫无反应。

显然,这些蜥蜴是没有攻击性的,"杰克刀"的担心是多余的。此刻,"杰克刀"不好意思地清了清嗓子,耸耸肩说:"我觉得这儿和其他地方一样,都很适合扎营,咱们干活儿吧。"说完,他便健步走下礁石,从沙滩上扛起了一袋面粉。

荒岛上隐秘的一派生机,吸引得嗅嗅挪不动步,他望向岛屿内陆。远处的岩石后面,叽叽喳喳的海鸟叫声竞相传来。相比之下,眼前这些如毛球般的小鸟则安静地在灌木丛与仙人掌间跳来跳去。

显然，这些幽居荒岛的"岛民"们也引起了达尔文先生的注意，他离开了眼前这些笨重的爬行动物，消失在了干燥的灌木丛中。

嗅嗅刚迈出几步，便惊动了几只红石蟹。它们气势汹汹地举起钳子，横着爬走了。小岛看似贫瘠、荒芜，竟然生活着这么多生物，着实令人惊喜。

恐龙岛的秘密

"杰克刀"迈着重重的步子走了上来,腋下分别夹着一个储物木桶。看到他,嗅嗅若有所思地说:"如果我没记错的话,达尔文先生好像说过,这个岛是根据一个英国探险家的名字命名的,叫'查塔姆'。可是你不觉得吗,这岛离英国那么老远,却有个英文名,听上去真别扭。"

"嗯。""杰克刀"只应了一个字,喘着粗气,放下了木桶。

"要是有个异国情调的名字,应该更合适,对吧?"嗅嗅接着琢磨,"比如'蜥蜴岩''火龙石'

什么的。"

"醒醒吧,他们不会因为你小子就把名字给改了。""杰克刀"说道,不满地瞅着一直偷懒到现在的助手。

"查塔姆岛①比我想象的要大好多,"嗅嗅说道,装作没看见厨师的不满,"后面好像还有几座山,差不多都有三四百米高,上面的绿色植物好像也比海滩这儿的要多。"

"够了,嗅嗅!""杰克刀"忍不住打断了他,"快干活儿,别老让我一个人在这儿扛东西。"

嗅嗅叹了口气,不再磨蹭,立即往海滩走去。他知道,哪怕这个心直口快的厨师平常多么善解人意,可要是真激怒了他,"杰克刀"就会变得像一头暴怒的狮子。何况嗅嗅一直对"杰克刀"

---

① 科隆群岛中最东端的一座岛屿,如今以其西班牙语译名"圣克里斯托巴尔岛"闻名。

恐龙岛的秘密

心怀感激,哪里忍心让他动气。

嗅嗅是个无父无母的孤儿。在遇到"杰克刀"之前,伦敦的大街就是嗅嗅唯一的归宿。整日露宿街头的他因鼻涕不断获得了"嗅嗅"的绰号,他已经不记得自己的真实姓名了。有一次,他去街上领发放给穷人的餐食,结识了正在分发汤羹的厨师"杰克刀"。这个性情有些乖戾的老海员很快就喜欢上了这个机灵的男孩,把他带到身边抚养。也多亏有"杰克刀"不断斡旋,嗅嗅才得以成为"小猎犬号"上的一名厨房帮工。"杰克刀"为自己所做的一切,嗅嗅永生难忘。

大约两个小时后,正午的烈日当头,不友好地灼烧着皮肤。"杰克刀"与嗅嗅已经搭好了一个大帐篷,并把所有的物资搬了进去。他们还在旁边搭了一个用于睡觉歇息的小帐篷。

两名水手又来回划了四趟,才把"小猎犬

号"上的全部物资运到了岛上。现在,临时仓库几乎已经被塞满了。

在此期间,查尔斯·达尔文只回来过一次。他抿了一口水,放下了一些盛有样本的小容器,就又消失了,嘴里还嘀咕着"这些鸟好特别"。

"小猎犬号"的其他船员仍忙着维修船体,岛上的帐篷这儿只剩下嗅嗅与"杰克刀"。一番劳作过后,两人都疲惫不堪,便利用这个机会稍

恐龙岛的秘密

作小憩。不一会儿,他们就在仓库旁的小帐篷里打起了瞌睡。

当嗅嗅醒来时,日头已经低了许多。一阵海风轻柔拂来,瞬间吹散了困意。他的肚子开始咕噜噜地抗议起来,提醒着他,午餐时间早已过了。因此,他得起身找点儿什么吃的,来满足肚子的需求。

"杰克刀"依然半躺在帐篷里,鼾声如雷,"小猎犬号"的船员也都还没有上岸。嗅嗅可以毫无顾忌地翻找物资,尽情享受。在这些箱子、麻袋与木桶里,有不少好吃的!

他兴致勃勃地钻进了装满物资的大帐篷。可下一秒,他就吓得倒吸了一口气。里面乱得像一个屠宰场——面粉袋被扯开了,面粉在地上撒得到处都是,调料罐子被撬开了,一整筐苹果也被打翻了。有些水果被啃了几口,有些则

被踩得不成样子。嗅嗅惊慌失措地跑回小帐篷,使劲晃着"杰克刀"的胳膊。

"快醒醒!有人动了咱们的东西!"

"嗯……"厨师睡眼惺忪地坐起身,"怎么了?"

"咱们的仓库被抢了,"嗅嗅焦急地喊道,"东西都被毁坏了!"

恐龙岛的秘密

"什么?""杰克刀"踉踉跄跄地站了起来,迈着重重的步子走到临时仓库的门口,停了下来,大惊失色,"天哪,谁会干出这样的事?"厨师的脸涨得通红。

"你看见什么人了吗,嗅嗅?"

"没有!除了咱们俩,这里根本没有人哪,不是吗?"

"杰克刀"迷茫地点了点头,"据我所知,这是座无人岛呀!"

嗅嗅不安地巡视着周围。莫非岛上有人居住?也许不一会儿,这些土著居民就会全副武装地冲过来把这里洗劫一空?然而,帐篷周围一个人影儿也没有。

突然,有东西引起了嗅嗅的注意。"'杰克刀',"他叫住了急得团团转的厨师,"我好像找到了线索!"

请看图,嗅嗅发现了什么?

三
惊人的发现

"杰克刀"眉头紧锁,打量着帐篷后面散落的食物残渣。

"这算什么线索?"厨师不屑地问。

"看,这么多脚印,是最好的线索呀!"嗅嗅一边弯腰观察着脚印,一边激动地回答,"应该是窃贼不小心踩到了面粉,逃走的时候留下的!"

"好吧,除了一堆白色的斑点,我啥也看不出。""杰克刀"咕哝道,"这斑点什么也说明不了。咱们还是先把仓库整理好,等船长到了岸上,就立即向他禀报这件事。"

"天哪,这儿还倒着半袋面粉!"嗅嗅已经追

踪着脚印走出了好远,惊呼道,"我去看看这些脚印通到哪儿!"

"嗅嗅!"厨师扯着嗓子嚷道,"别胡闹了,快来帮我收拾这烂摊子!"

可是嗅嗅继续往前走着,假装没听见厨师的话。

"这孩子,真调皮。""杰克刀"自个儿嘟囔着,随后更大声地喊道,"那你路上小心!要是看见了什么,就马上回来,别逞英雄,听见没?"

还是没有回答的声音,不过"杰克刀"知道,他的小徒弟已经听见了他的话。其实"杰克刀"并不是很担心,因为他不相信嗅嗅仅凭几个脚印就能把窃贼揪出来。况且阳光依然炽烈,天气燥热,他也懒得一路跟着嗅嗅。"杰克刀"轻叹了口气,动手把帐篷里的物资重新整理好。

嗅嗅兴奋地追踪着盗贼留下的脚印一路前

恐龙岛的秘密

行,他离海滩越来越远。渐渐地,本来就为数不多的脚印变得更为零星模糊,不一会儿,嗅嗅已经无法判断,是否还在对的路上了。他又往前走了几百步,没有发现任何可疑的踪迹,不得不接受失去线索的事实。

他无助地环视四周,灰黑色的岩石绵延起伏,从海滩上延伸到岛屿的内陆,与满是绿意的侧岭相连。右边不远的地方,三根突兀的石柱直冲长空——左右两边的两根石柱高耸笔直、顶部圆润,与粗大的圆柱并无二致;中间的那根稍矮一些,顶部如圆锥般尖利。在它们后面,嗅嗅隐约望见了一片位于阴凉处的洼地,似乎还闪耀着

点点水光。

清凉可口的水！一瞬间，嗅嗅感到嘴里异常干涩，汗水沿着他的脸颊直淌下来。真想一头扎进凉爽的水塘里，痛痛快快喝个饱！嗅嗅不假思索地朝那儿跑去。

刚走到三块石柱的阴影处，一丝清凉便扑面而来，他已经离水塘很近了。可突然，他眼角的余光注意到了些许动静。他吓了一跳，赶忙躲到灌木丛后，小心翼翼地朝有动静的方向望去。

果然，水边站着两个身穿"小猎犬号"条纹水手衫的男人，其中一人手里举着一张磨得不成样子的纸。显然，那是一张地图，他们在试图寻找什么。

这时，手持地图的人转过了脸。一看到他鼓鼓的眼睛，嗅嗅便知道他是谁了——"鱼眼"！站在"鱼眼"旁边的，保不齐就是"西班牙人"。

恐龙岛的秘密

　　这地方离"小猎犬号"有八丈远,这两个讨厌的同事到这儿来做什么?当然,同嗅嗅本人一样,他们俩也是私自冒险入岛的。

　　这个厨房男孩还是按捺不住内心的好奇,小心谨慎地慢慢来到两个水手附近。

　　"鱼眼"把手中已经发黄的地图调了个角,又翻了个面,他似乎不确定是哪一面朝上。他还对一旁沉默着的同伴说了些什么,可嗅嗅离得太

远根本听不见。

他匍匐着,更靠近了一点儿。这下,他终于听清了!仅仅几个字眼儿,就让他的心快要蹦出来了:"……铁手船长……宝藏……!"

天哪,真令人难以置信!这两个水手竟然跑到这么偏远的岛屿来寻宝!而且可以肯定的是,他们不愿让任何人知道这事!噢噢紧张极了,哪怕眼下阳光依然火辣辣地炙烤着皮肤,他还是直冒冷汗。他想,要是被水手们抓到了,那就大事不妙了。况且,他已经掌握了重要信息,眼下要紧的是赶快离开。

他蹑手蹑脚地转身往回走,如蜻蜓滑行般轻巧,没有发出任何声音!

两个水手似乎没有注意到他。噢噢长舒了一口气,猫着腰离开了水塘。

随即,他一路狂奔,绕了个大弯回到了营地。

恐龙岛的秘密

他得赶快把这些告诉"杰克刀"!

"你疯啦,中邪啦?"听完嗅嗅的描述,"杰克刀"闷声吼道,"要是他们俩发现了你,你就不是去抓'鱼眼'了,你早就变'鱼食'了!他们俩可不好惹!"

"我一路上小心得很。"嗅嗅怯生生地答道,"不过,铁手船长是谁?你有没有听过这个名字?"

"有没有听过?"这几个字几乎是"杰克刀"从牙缝中挤出来的,"当然有!铁手船长是最恐怖的海盗之一。听说,他曾经把整片海域的人都搞得惶惶不安,还抢夺了无数装满金银财宝的船只。英国海军舰队追捕了他好多年,都没抓到他。不过话又说回来,至今也的确没船长比他更厉害。据说,他用手就能把椰子捏碎,手下们都尊称他为'铁手'。他有一个标志,是一个紧握

的拳头。不管是他船上挂着的海盗旗的图案,还是他手下们的文身,都是这个标志。"

"然后呢?"嗅嗅不安地追问道,"后来怎么样了?"

"唉,手下人背叛了他!""杰克刀"的语气甚至有些伤感,"他的一些船员把他出卖给了英国海军。五年前,他在伦敦被处决了。"

"噢!"嗅嗅开始胡思乱想,两眼放光,"既然铁手船长来过这片海域,那么被抓之前,他肯定把财宝藏在了岛上的某个地方,对不对?"

"杰克刀"的脸色立马阴沉了下来。"就算是,"他说道,随即又毫不客气地补充道,"这对你来说也根本不重要,你更是一丁点儿都

恐龙岛的秘密

不能沾！我已经把话说清楚了，你明白吗？"

嗅嗅与这个厨师相处已久，他深知，这时候反驳完全是自讨苦吃。所以，他识趣地点点头，不再提这个话题。之后，他乖乖地跟着"杰克刀"为要上岸的"小猎犬号"船员们准备晚餐。然而，即便干着活儿，寻宝的想法也一直萦绕在嗅嗅的脑中，挥之不去。

嗅嗅去灌木丛收集了些木柴，把它们堆了起来，为晚上生火做准备。这时，"鱼眼"和"西班牙人"突然冒了出来。嗅嗅的心不禁提到了嗓子眼儿，他生怕这两个人找他算账。所幸，他们俩虽然眉头紧皱，却对这个厨房男孩一点儿也不感兴趣。

随即，嗅嗅边生火，边暗中观察着这两个水手的一举一动。突然，他看见了那张发黄的纸，那张让这两个水手在水边研究了好久的地图！

嗅嗅想,这张纸一定意义非凡,说不定指明了宝藏的位置。要是他能把这张纸拿到手,就会离宝藏更近一步!等大家晚上都睡着了,他也许就能偷走它?

请看图,那份神秘的地图在哪儿?

四
碎纸片上的谜团

夜色降临了查塔姆岛。之前嗅嗅与"杰克刀"搭建帐篷的地方已经又密密麻麻地搭出了十多顶帐篷,俨然成了一座帆布长绳组成的小村落。完成了维修工作,"小猎犬号"的全体船员回到了岸上休息。"杰克刀"做了美味的海鲜乱炖,被水手们吃得一干二净。

查尔斯·达尔文也从环岛考察中回来了,他疲倦得很,稍稍吃了些晚餐,便回自己的帐篷里休息去了。

其他人则围着篝火席地而坐,分享着船长赏的一大瓶朗姆酒,这是船长对大家出色工作的

奖励。乘着酒兴,大家聊起今天临时仓库被盗一事。

"怎么会发生这样的事?"一个脸上有疤痕的大胡子水手问,"你们俩不是一直在这儿吗?!"

"是一直在这儿,""杰克刀"平静地应对,"从外面看,的确没什么异样。后来嗅嗅去大帐篷里拿东西的时候,才发现被盗了。"

"没准儿,就是这个小无赖自己偷吃了。他这是此地无银三百两!"一个留着黑色鬈发、与嗅嗅年龄相仿的男孩嚷道。

这话引得一群人哄堂大笑。

嗅嗅很是恼火。刚才这句冷嘲热讽的话出自伊力·韦斯特,他也是船上的帮工,同时也是船长的侄子。因为船长是英国曾经的国王查理二世的曾孙,伊力就标榜自己是皇亲国戚、高人

恐龙岛的秘密

一等。相比之下,嗅嗅对他来说就是个街巷长大的小混混儿,他一逮着机会就会肆意挖苦嗅嗅。无论这个厨房帮工做了什么,都会招来伊力的嘲笑与讥讽,这次也不例外。

"我什么也没干!"嗅嗅被激怒了,反驳道。

"那是那是,"伊力咧嘴奸笑着,"你当然什

么也没干,否则物资就不会被盗啦!"

嗅嗅还没来得及回击,"杰克刀"就介入了,及时制止了这场争吵:"你们两个给我闭嘴!我们有更重要的事情要谈。"

伊力的嘴角泛起一丝胜利的微笑,双臂交叉在胸前,以此示威。嗅嗅虽然被气得七窍生烟,但为了不与他的厨师老友起冲突,他选择了遵从"杰克刀"的命令,忍气吞声,保持沉默。

嗅嗅噘着嘴回到了自己的帐篷里,起码在这儿,他拥有属于自己的平静,躲开了那个做着贵族梦的狂人。

他尝试入睡,却翻来覆去,辗转难眠。帐篷外面,篝火周围渐渐安静了下来。"杰克刀"进了帐篷,静静地躺到了嗅嗅旁边,很快便打

恐龙岛的秘密

起了鼾。

这下嗅嗅彻底没法儿睡了。他又来回翻腾了几次,无奈地爬出了帐篷。外面的篝火差不多燃烧殆尽,几根干柴还闪着微弱的红光。不少微醺的水手懒得回帐篷,在暖融融的火堆边席地而睡了。

嗅嗅一瞧见同样醉卧于此的"鱼眼",心就跳到了嗓子眼儿。他把"杰克刀"的告诫忘得一干二净,一心想着地图与宝藏。毕竟,这个水手的腰间掖着一份机密文件,而它可能就是嗅嗅通往荣华富贵的入场券。他唯一要做的,就是悄无声息地搞到它!

嗅嗅心意已决。他蹑手蹑脚地跨过其他熟睡的水手,一步步走近"鱼眼"。"鱼眼"正呼呼大睡,规律缓慢地一呼一吸,动也不动。现在,嗅嗅离"鱼眼"只剩一只手掌的距离了。

忽然,"鱼眼"嘴里嘟囔了些什么,翻了个身侧躺着。嗅嗅吓得愣住了,因为"鱼眼"的左胳膊正好压到了嗅嗅的右脚。不过,"鱼眼"似乎还在睡梦中。嗅嗅的手颤抖着,他慢慢弯下腰,战战兢兢地把那张纸从"鱼眼"的腰带底下抽了出来,这个过程竟容易得出乎意料!接着,他又缓缓直起身来。

现在,他只要把脚从"鱼眼"的胳膊下抽出来,就大功告成了。他紧张得几乎不敢喘气。他

恐龙岛的秘密

把脚慢慢向外移,动作比蜗牛还要慢。可突然间,"鱼眼"又嘟囔了些什么!所幸他的眼睛还是紧闭的。这下,嗅嗅的脚终于自由了,他转过身,准备偷偷溜回帐篷。

快到帐篷入口的时候,一个人从后面搭上了嗅嗅的肩膀。

"小混混儿,你从'鱼眼'那儿偷了什么?"是伊力。

嗅嗅平复了一下紧张的心情,镇静下来:"关你什么事,滚!"

"好呀,"身后的这个黑发男孩不怀好意地要挟道,"那我现在就去找船长,说你又在偷东西了!"

"你这是什么意思?"嗅嗅急得吼了出来,却被自己的大嗓门儿给吓着了,他万万不敢在这个时候吵醒其他船员。"我从来没有动过别人的东

西!"他把声音放低,补充道。

"是吗,谁信呀……那这张纸是怎么回事?"伊力一把夺过嗅嗅手里的纸。他还没跑开,就被恼羞成怒的嗅嗅扑倒在地。

"还给我!"这个厨房帮工气得火冒三丈。

恐龙岛的秘密

"哼,你再推,再推我就把它给撕了!"面对比自己强壮的嗅嗅,伊力毫不示弱,继续要挟。还没等嗅嗅反应过来,伊力便腾出手来,把那张纸撕成了碎片。

"你这个白痴!"嗅嗅傻眼了,不由得破口大骂,"你把藏宝图给毁了,这可是找到宝藏的唯一线索!"

"喂,大半夜的,还有人想睡觉呢!"突然,他们的背后传来了气哼哼的牢骚声,"什么事呀,大惊小怪的?"是"杰克刀"!他从帐篷里探出头来,恼火地瞪着两个男孩。

嗅嗅吓得不敢吱声,他根本不敢让厨师知道他偷地图的事,要不然麻烦就大了。然而,他知道,伊力是不会错过这个揭发他的好机会的。

"啊,没什么!"伊力的回答出乎意料,"我们俩只是随便闹着玩呢。"

"那你们也小点儿声呀!""杰克刀"埋怨道,"好了,嗅嗅,都这么晚了,快回来睡觉。"说罢,厨师便缩回了帐篷里。

嗅嗅不解地看着伊力,问:"你怎么什么也没说?"

伊力咧嘴一笑:"你刚才说的是什么宝藏?"

"宝藏?"嗅嗅装出一副茫然无知的样子。

"你想让我去'杰克刀'和船长那儿告状是吧?"伊力皱起眉头,威胁道。

"好好好。"嗅嗅妥协了。他看了看四周,确保无人偷听,才低声说:"那张被你撕成上千张碎片的纸其实是一张地图,上面记载着海盗藏在岛上的宝藏的线索。"

伊力惊奇地扬起了眉毛。他弯下腰,盯着地上的纸片说:"嘿,幸好没有一千张,只有八张,还能拼回去。"

恐龙岛的秘密

嗅嗅思索了片刻,又回头望了望"杰克刀"的帐篷。确认那里再无动静之后,他耸了耸肩,说:"好吧,咱们去试试。不过得离火堆近一点儿,这儿太暗了。别出声,千万不能吵醒'鱼眼'!"

请看图,如何将碎纸片拼成完整的地图?

五
宝藏密钥

"这些记号是什么意思呀,你认识吗?"嗅嗅指着地图顶部的一长串数字问道。

"记号?"伊力挑起眉毛,重复道,"当然认识,你不识字吗?这是数字!"

嗅嗅气得攥紧了拳头,说:"是,我不识字!成天在厨房里忙着切菜做饭,哪有认字的时间?"他明显被冒犯了,气得把双臂交叉在胸前:"你不是聪明绝顶吗,怎么着也能给我讲讲这数字是什么意思吧?"

伊力无奈地耸了耸肩,坦言道:"不知道,除了'查塔姆岛'这几个字,其他的我都看不懂。不

过,如果你问我怎么看待这张纸,我会说,它一文不值。"

"哈,"嗅嗅突然激动起来,"不,它肯定有特殊意义。你看,这儿是不是标记了海湾的位置?它的形状和咱们'小猎犬号'停靠的海湾一模一样,所以这张纸应该就是现在这个岛的地图。我无意听到'鱼眼'跟'西班牙人'说,虚线代表通向宝藏的路,能一直通到岛屿的内陆,甚至能进到岩洞里!"

"你偷听了那两个无赖的对话?"伊力既震惊又佩服,却不想让嗅嗅看出来,于是若无其事地问道,"那你要么就是太胆大,要么就是太愚蠢。"

"这算什么!"嗅嗅自豪地接了腔,"我还趁'鱼眼'睡着的时候,把他腰带里掖着的这张纸偷出来了。"

恐龙岛的秘密

"你真是疯了!这不还是证明你是个贼吗?!"伊力翻着白眼说。

"随便你怎么说,反正这张纸已经证明岛上有宝藏,而且我也听'鱼眼'提到了宝藏。在我看来,这就是一张藏宝图!"

"嗯,我不知道……"伊力仍很怀疑。

嗅嗅斩钉截铁地说:"不管你去不去,等天一亮,我就往这个岩洞的方向走!"

一番心理斗争之后,伊力的好奇心和对财富的渴望还是占了上风。"你是想摆脱我是吧?没门儿!我和你一起去!"他笑着说,"不过,一半财宝要归我。否则,我就去船长那儿告发你是盗贼!"

　　第二天清晨，天边刚刚泛起鱼肚白，两个男孩就启程了。营地里没有任何动静，"鱼眼"与"西班牙人"似乎还未察觉到地图已然不见。两个男孩迎着凉爽宜人的海风，呼吸着微微有些咸湿的空气，大步往小岛深处走去。

　　走了将近一个钟头，嗅嗅才再次找到那个三根石柱后的隐蔽水塘。

　　"现在呢？"伊力的语气依旧如往常一样轻蔑自傲，"我什么宝藏也没见着！"

　　"你也不动脑子想想，谁会把宝贝藏到光天化日之下呀！"嗅嗅不耐烦地回应道，"要不然，那两个水手昨天早找着了。"说罢，嗅嗅半跪了下来，把地图的碎片摊开摆在面前："至于宝物在哪儿，这些数字肯定提供了线索。"

　　"哟，是'小猎犬号'上的两个小朋友呀！"一个声音骤然在他们身后响起。

恐龙岛的秘密

嗅嗅生怕是"鱼眼"站在后面,赶忙把地上的碎纸片收起来。他转身一看,幸好是达尔文先生。

"你们起得可真早!"这位科学家亲切地问候道。他身上挂满了装标本的小盒子、小袋子,以及各种奇奇怪怪的设备。他打量了眼前的两个男孩一会儿,随即把目光转向了光滑如镜的水面与突兀笔直的石柱。

"你们找到了一个美妙绝伦的地方!"达尔文赞赏地说道,"这个岛上的奇迹简直是一个接着一个!"

　　这话令两个男孩感到有些疑惑。最终，嗅嗅鼓起勇气问："达尔文先生，您说的奇迹是什么？"

　　"是这样，"达尔文边说边望向远方，"岛上有动物本身就是一个奇迹，你们不觉得吗？还记得咱们从南美洲到这儿用了多长时间吗？"他问嗅嗅与伊力。

　　"一个多星期。"伊力说。

　　"对呀，那你们试想一下，这么远的距离，如果不是坐船，而是单靠游泳，或者像浮木一样被水流带到这里呢？"说完这些话，达尔文"哗啦啦"地卸下了背在肩上的器械与用具，"那样的话，旅途将异常劳累。然而，这也是动物能迁徙到这儿的唯一方式。"

　　达尔文在水边坐下，脱掉鞋子，把脚伸进清冽的水中，"不过，"此刻的他，似乎更像是在自

言自语,"有些地方也非常蹊跷……"

这番话勾起了嗅嗅的好奇心。一瞬间,他连寻宝的事都忘记了,走到科学家旁边坐了下来,伊力仍有些踟蹰地站在原地。

"目前为止,我只是看到了许多鸟,还有那些黑蜥蜴。"嗅嗅若有所思地说道,"它们就是长得有点儿怪。"

达尔文先生微笑着说:"这些鸟也是奇迹的一部分。海鸟倒还好,那些在树枝上蹦来蹦去、又不叫的鸟才真是特别。"

"这些鸟没准儿是从陆地飞来的。"嗅嗅猜测道。

"可以这么想,"达尔文点了点头,"不过,这个岛上的鸟不同于陆地上的种类。栖居在这儿的鸟我在别的地方从没见到过。"

达尔文聚精会神地盯着一个大灌木丛,忽然,他指着那里说:"那边有只鸟站在粗树枝上,看到了吗?"

两个男孩顺着他所指的方向望去。果然,一只与棕鸟差不多大的鸟站在那儿,正快速地啄着树枝。

"啄木鸟,"伊力肯定地说,"我小时候就认识了。"

达尔文先生摇了摇头。"它虽以同样的方式寻找食物，行为酷似啄木鸟，却是一只燕雀①。岛上生活着诸多燕雀科的鸟类，外形与捕食习惯与其他鸟类相似。我们可以这样推测：这里的燕雀都是由远古时期迁徙到这儿的一种雀鸟进化而来，也许是为了适应新环境，才演变为不同种类。

"这里有相当壮硕的燕雀，它们长着坚硬的喙②，善于碾碎谷物与种子；也有弱小灵敏的燕雀，它们的喙如同细小的镊子，擅长捕食昆虫。

---

①燕雀，鸣禽目中群体繁多的鸟科，囊括多种称为"雀"的鸟类。生活在科隆群岛的不同燕雀，很可能是由迁徙至此的同一种燕雀进化而来。由于是达尔文首次发现了它们，所以它们被命名为"达尔文雀族"。
②喙，鸟兽的嘴。

在陆地上,这两种鸟通常属于不同的科,但在这里,它们都属于燕雀科。"

"可是,老师告诉我们,"伊力此时插话了,"我们所看到的物种,都是由上帝创造的。"

查尔斯·达尔文郑重地回应:"这里的燕雀不一定同意这样的说法哟!"

达尔文盯着水面,沉默了片刻,转头看向两个男孩,问:"你们俩还没有告诉我呢,为什么来这儿?我猜,你们起这么早,不是来观察动物的吧?"

嗅嗅与伊力还在琢磨达尔文方才的话,面对这个突如其来的问题,有些措手不及。嗅嗅打算开门见山,至少透露部分真相。毕竟,达尔文先生看上去很友善,也只有像他这样学富五车的人才能帮到他们。

"我实话实说吧,"嗅嗅说道,略带迟疑地在

恐龙岛的秘密

达尔文面前摊开藏宝图的碎纸片,"我们发现了一张地图,按照它的指示来了这儿。这上面还有一些数字,可能包含了一些信息,比如这里有什么,更重要的是,具体在什么位置。"

查尔斯·达尔文饶有兴趣地弯下腰来,凝视着这张藏宝图。

"嗯,你们的这个发现真有意思,"过了一会儿,他赞赏地指出,"这些数字有点儿像密钥,或许对应了一段文字,也就是说,每个数字正好代表一个字母。"

伊力也低头看着地图,说:"看,这里最大的数字只到26。"

"明白了!"达尔文说,"我大概知道怎么破译这行数字了。"

六
隐匿的入口

"什么意思?"伊力嘟囔道,"镜子犀牛,这是个什么奇怪的物种?"

"我倒更想知道,你们说的到底是什么宝藏!"达尔文先生扬起眉毛,义正词严地问道,"你们两个,是不是还有什么事情瞒着我?"

"那个……"嗅嗅支支吾吾地说,"我们……我们听说,有个海盗船长把财宝藏在了这儿,而且,这张地图能为我们指明道路!"

嗅嗅担心这位科学家会打破砂锅问到底,赶忙转移话题:"不管怎么着,都得先去找'镜子犀牛'。"

"哦,这样呀。"达尔文若有所思地低语,"原来是海盗的宝藏。历史上,这个偏僻的岛屿的确多次成为海盗的藏身之处。不过话说回来,要是能在这儿找到犀牛,我会非常惊奇的。"他微微摇了摇头,"岛上根本就不可能有哺乳动物。与爬行动物不同,哪怕是体形最小的啮齿类动物,都难以在漫长的跨海之旅中存活下来,更别说是一只顶着角的大型哺乳动物了。"

"那……"伊力插话道,"会不会有人从陆地上运来一只犀牛?"

"或者说,'犀牛'并不是它的字面意思。"嗅嗅说着站了起来,凝视着三根石柱在水中的倒影。

"你的意思是……"伊力问。

"你们看!水塘的形状!"嗅嗅用手在空中描摹着水塘的半月形轮廓。狭长的水塘两端,尖

恐龙岛的秘密

尖的角微勾。

"我的孩子,"查尔斯·达尔文赞赏地点了点头,"你观察得很仔细!说不定以后你会成为一名卓越的科学家。很明显,这个水塘形似犀牛角,表面又平滑如明镜。这肯定就是咱们要找的'镜子犀牛'!"

"天哪,原来它近在眼前!"伊力惊叹道。

"咱们得到那边去,左边的'牛角尖'!"嗅嗅欣喜地高呼着,奔向那里。伊力与达尔文紧随其后。

到了那里,他们四处张望着,有些迷茫。嗅嗅弯下腰,朝清澈的水里望去:"宝藏一定在水塘里的某个地方。说不定,水底有个山洞之类的入口。这儿的水挺深,咱们得潜下去才能知道。"

"在未知的水域潜水,这可不是个好主意,"一旁的科学家反对道,"太危险了。"

"都走到这一步了,"嗅嗅有些不甘心,坚持着,"不能就这么轻易放弃!"他思索了一小会儿,问达尔文:"您是不是带了绳子?"

恐龙岛的秘密

"是的,"达尔文点点头,"需要爬树或者攀岩的时候,我把它用作安全绳。"

嗅嗅的眼里闪动着希望的光:"您可以用它拴住我,这样我就可以去水下找那个秘密入口了。"

从达尔文脸上的神情不难看出,他自己也在好奇与谨慎之间摇摆。经过一番斟酌,他点点头,说:"好!不过你不能一个人去。"随即,他看向伊力:"你的名字是伊力,对吗?"

伊力狂喜地点了点头。在漫长的航行中,达尔文先生一定在什么瞬间听见并记住了自己的名字。"你叫嗅嗅,对不对?"达尔文继而转向厨房男孩。

嗅嗅也点了点头。

"好,伊力,你跟嗅嗅一块儿下水。你们俩把绳子绑在腰上,间隔差不多两米,我在上面保证

你们的安全。记住,你们彼此要随时保持联系。遇到危险,就快速扯两下绳子,我会马上拽你们上来;一旦发现了什么,要先回来,大家一起商量后再决定怎么办。"

两个男孩立即将达尔文先生的提议付诸实践。他们俩全然沉浸在即将冒险的亢奋之中,摩拳擦掌、急不可耐,刚把绳子在腰上系好便纵身跃入了清冽的水塘。

水塘对岸,三根石柱高高耸立。左边的那根,在地图上被标示了出来。它的根部,也就是水下的某个地方,八成就是藏宝地的入口。

"这样,"嗅嗅对并肩游动的伊力说,"我先潜下去,你跟在我后面。"

"哈,看谁能先找到藏宝地的入口。你可别直接沉底了,要不然我还得救你。"

伴随着轻蔑的一"哼",嗅嗅潜入了水下,伊

恐龙岛的秘密

力连忙跟上。只不过,被另外一个人的绳子牵着潜水,需要一点儿适应的时间,很快,事实证明,两个男孩都水性极佳。水塘几乎清澈见底,哪怕已经下潜了几米,他们还能继续凭借充足的光线找寻藏宝地的入口。石柱底部怪石嶙峋,让人看不清哪里才是入口。男孩们不得不数次浮上水面换气,直到第四次潜下去,才终于有了发现。

伊力最先看到了一块异样的凸起,上面有一个狭窄的裂缝。在这个距水面三米深的地方,隐匿着一个黑咕隆咚的岩洞,从外面看,判断不出里面还有多深。伊力得意扬扬地笑着,冲嗅嗅做了个手势,炫耀着自己的发现。嗅嗅冲他做了个鬼脸,随伊力游回了水面。"哗啦——"水花四溅,两个男孩的头露了出来。

"我就说嘛,我肯定比你先找到入口。"伊力正吹嘘着,却看到嗅嗅满脸惶恐。

显然,岸上的达尔文先生也留意到了什么,他冲男孩们喊道:"咱们要有伴儿了!"他与嗅嗅看的,是同一个方向。

伊力顺着他们的目光望去,傻眼了。"鱼眼"和"西班牙人"正步步逼近他们!此时,"鱼眼"刚走到他们先前站的地方,捡起了散落在地的碎纸片。

恐龙岛的秘密

"完了,我把地图落在那儿了,"嗅嗅的声音有些颤抖,"还让'鱼眼'给找着了!这下他知道是咱们偷的了。"

"啊?!"伊力喊道,"你怎么能把地图给忘了呢?"

"那你怎么不记着把它收起来呢？"嗅嗅恼怒地回应道，"现在怎么办？达尔文先生会帮咱们吗？"

"不清楚，"伊力说，"他要是知道地图是你从'鱼眼'那儿偷来的，估计也不会高兴。咱们就在这儿等着，看看情况。"

"早上好呀，先生们。"岸上传来"鱼眼"阴险的声音，"一大早就来洗澡？"

"您也早呀，"达尔文先生友好地回应着，"是哪阵风把'小猎犬号'的水手们也吹来了？还跑了这么远，来小岛中心了？"

"难道，问题不应该是那俩孩子在水里干什么吗？""鱼眼"的眼里满是怒火，斜眼看着躲在水里察言观色的伊力与嗅嗅，"昨晚，有个小偷儿把手伸得老长了，偷了我的地图。可它又恰恰在这儿，这只是巧合吗？"说罢，"鱼眼"将那些

恐龙岛的秘密

碎纸片捏在手里。

查尔斯·达尔文疑惑地望了望男孩们，噢噢愧疚的表情已经给出了毋庸置疑的回答。科学家略带责备似的摇了摇头，转身对水手们说："真对不起，我不知道是他们偷的。不过，也有一件让您高兴的事，我们已经破解了地图上的数字。"

听完这句话，"鱼眼"顿时变得和颜悦色起来。"这可真是个好消息！"他的嘴角泛起了一丝笑容，"咱们可以合作嘛。既然您已经根据地图得知了寻宝的路线，如果您和这俩孩子愿意协助我们，等找到地方以后，大伙儿可以均分宝藏。"

"当然愿意，"或许是出于保护两个男孩的目的，达尔文先生欣然答应了，"这个提议好，那就这么说定了。"他握了握"鱼眼"的手。

在水里观望的伊力也舒了一口气。

旁边的嗅嗅却面色苍白。他密切关注着刚才的谈话,从中察觉出了异样。他不得不对这两名水手产生怀疑,不知其用意是善是恶。

请看图,嗅嗅察觉到了什么异样?

七
潜入未知

"他们俩是海盗!"嗅嗅面无血色,冲身边的伊力低声喊道。他们离"鱼眼"和"西班牙人"还远,说话不会被听到。

"什么?"伊力大吃一惊,悄声问道,"你怎么看出来的?"

"你看见'鱼眼'胳膊上纹的拳头了吗?那是海盗铁手船长的标志,就是这个船长在岛上藏了宝!"嗅嗅的嘴唇不住地颤抖着。

"你们两个小朋友怎么了?""鱼眼"走到了岸边,虚情假意地表示着友好,"怎么不上来呀,和大伙儿聊聊天儿?"

恐龙岛的秘密

"咱们俩得离开这儿!"嗅嗅悄声说。

"还能去哪儿?"伊力反问,"不管从哪儿上岸,都没法儿避开他们呀。"他的声音里有几分恐惧。

"说什么悄悄话呢?""鱼眼"又凑近了些,"放心,我不会因为你们偷了地图就生气的!"他凸起的眼睛紧盯着这两个男孩,看上去春风拂面,嘴里的话也宽容大度,眼神里却流露出与之截然相反的恶意。

"去水底的裂缝!"嗅嗅毅然决然地望向伊力。

伊力起初似乎并未明白嗅嗅的意思,过了几秒,他突然脸色大变:"你疯了?那个裂缝后面是什么,咱们一无所知。"

"要么,咱们俩现在去搞明白它后面是什么,"嗅嗅一边解开腰上的绳子,一边坚定地说,

71

"要么,你自个儿去对付这两个海盗,碰碰运气。反正,我选裂缝。"话音未落,嗅嗅便潜入水中,没了踪影。

伊力踟蹰了片刻,可一看到岸上"鱼眼"那张恶心的脸,便把心一横,解开绳子,跟上了嗅嗅。他的身后回荡着达尔文先生的惊呼:"你们这是要做什么……"随后,湖水吞没了周遭的一切声响。

伊力在幽暗的水底费力地寻找着入口,这是他们唯一的逃生之门了。只见前面的嗅嗅毫

恐龙岛的秘密

不犹豫地穿过了裂缝,消失在了黑漆漆的窄洞里。伊力铆足了劲,蹬了两下腿,也来到了这扇通往未知世界的"大门"。他咬了咬牙,一个猛子扎了进去。

彻底的黑暗包围了两个男孩,这是一个天然形成的狭窄石道,两个男孩用手撑着石壁,把身体往前移。很快,他们便欣喜地发现这个隧道呈上坡状,一直通向水面。

然而,隧道似乎没有尽头。他们肺里储存的空气也越来越少,就要憋不住气了!

这时,男孩们看到了头顶前方的微光。他们拼命向前游去,终于冲破了水面,贪婪地呼吸着新鲜的空气。成功了!

嗅嗅与伊力刚缓过气来,便四处张望。他们现在身处一个幽深狭长的洞穴,几缕阳光透过石缝照进来,让男孩们勉强看清了洞穴里的情况:

他们前方不远处就是石岸,沿着倾斜的石岸向上爬到尽头,是一个岩洞。

"你还好吧?"嗅嗅已精疲力竭,费了好大劲才爬上了岸。他看向身后的伊力,问道。

伊力瘫坐在地上:"我好不好?我都被呛坏了!岸上蹲着两个海盗,巴不得分分钟要了我的脑袋。现在好了,跟着那张破地图扑腾了这么远,我还是什么宝也没瞅着!"伊力怒吼着:"我

恐龙岛的秘密

怎么这么傻,跟着你去蹚这浑水?!"

"明明是你威胁说,如果不告诉你寻宝的事,你就去船长那儿告发我!"嗅嗅的怒火也瞬间被点燃了。

"对,我早该去告你一状。这样和一个偷鸡摸狗的街头混混儿在一起,那才是麻烦。"伊力气得把双臂抱在胸前。

"够了!"嗅嗅已经火冒三丈,"你真是自以为是,不知道天高地厚。你以为自己是谁呀?就你特别呀?不就仗着你和船长是亲戚,而船长呢,拐了八百个弯儿才沾了点儿皇室的边。但是,这不代表你就比我强!没有我,你永远都不敢来冒这样的险,你这个又蠢又笨的懦夫!"

伊力暴跳如雷,满脸通红。"我,蠢笨,懦夫?那你呢?大字都不识一个的混混儿?!"他怒不可遏,"好,从现在开始,咱俩各走各的路,谁也

别碍着谁,我自己去寻宝。保重!"

说完这些话,伊力便气呼呼地冲向洞穴前方,到那里寻找出口。

"伊力,等等我!"嗅嗅妥协了,"别闹了!"

可伊力根本不理会嗅嗅的话。

"你一个人去太危险了,"嗅嗅再次试着劝他,"谁知道咱们还要面对什么呢。"

此时,伊力已经找到了离开洞穴的路。他头

恐龙岛的秘密

也不回地从一个窄缝里钻了出去,消失了。

不一会儿,嗅嗅听到了沉闷的"沙沙"声,像是鹅卵石掉落的声音。刹那间,伊力的声音传来,与之前的怒气冲冲不同,取而代之的是无助与惊恐:"嗅嗅!救命!"

嗅嗅"噌"的一下站了起来。长时间潜水后的疲惫,他们愚蠢的争吵,都已无足轻重。伊力有危险!救人最要紧。

嗅嗅急忙冲到了洞穴的窄缝处,像伊力一样钻了过去。这个岩洞不像外面那么光线充足,嗅嗅只能摸索前行。

"救命!快来救我!"

嗅嗅吓了一跳。伊力就在附近,可这声音似乎是从地下传来的。嗅嗅在地上摸索着。幽暗中,他突然看到前面有两只手,正紧紧抓着地面。此时,他的眼睛已稍微适应了昏暗的环境,

认出半步之遥的地方有一个地洞。伊力不小心掉了进去,正拼命扒着地洞的边缘。

"快帮帮我,把我拽出来!"地洞里传来伊利的央求,"我坚持不住了!"

嗅嗅赶紧上前一把抓住了伊利的手腕,竭尽全力向外拉。嗅嗅用脚抵住地面,可他的脚不断

打滑,自己差点儿也滑进洞去。

几番周折过后,他终于成功地把伊力拉了上

恐龙岛的秘密

来。两个男孩累得筋疲力尽,肩并肩躺在地上,喘着粗气。

良久,伊力开口道:"嗅嗅,谢谢你!"

"对不起,我刚才那些话都不是存心的。"嗅嗅小声却诚恳地道了歉,"我只是气晕了,才口不择言。"

伊力点了点头:"不过你说得对,我是太傲慢了。从现在起,我不会再这样了。而且,你还救了我的命。"说罢,他战战兢兢地看了看地洞:"这个洞一定很深,是个陷阱,我根本看不到底。"

"再往前走的时候,一定得小心。"嗅嗅说。停顿了片刻后,他问伊力:"咱们还要继续往前走吗?"

伊力说:"外面那两个可恶的海盗正等着和咱俩算账,他们要是追上来了,我一点儿都不意外。所以,咱们还是要继续往前走,而且要一起

走!"

"对,一起走!"嗅嗅笑着站了起来,"现在,咱们要先跨过这个地洞。它应该不宽,很容易就跳过去了。这个岩洞的前面似乎还有一条隧道,通向岩层深处。"

他助跑了一小下,轻松地跳过了那个地洞。伊力也毫不费力地跟了上去。他们的眼睛已经完全习惯了昏暗的光线,能够分辨出前方隧道的走向。岩洞顶部偶有光线透过缝隙洒下来,让这里不至于黑得伸手不见五指。

过了半晌,两人走到了一个岔路口。他们有些迟疑,停了下来。

"我们应该走哪边?"伊力问道。

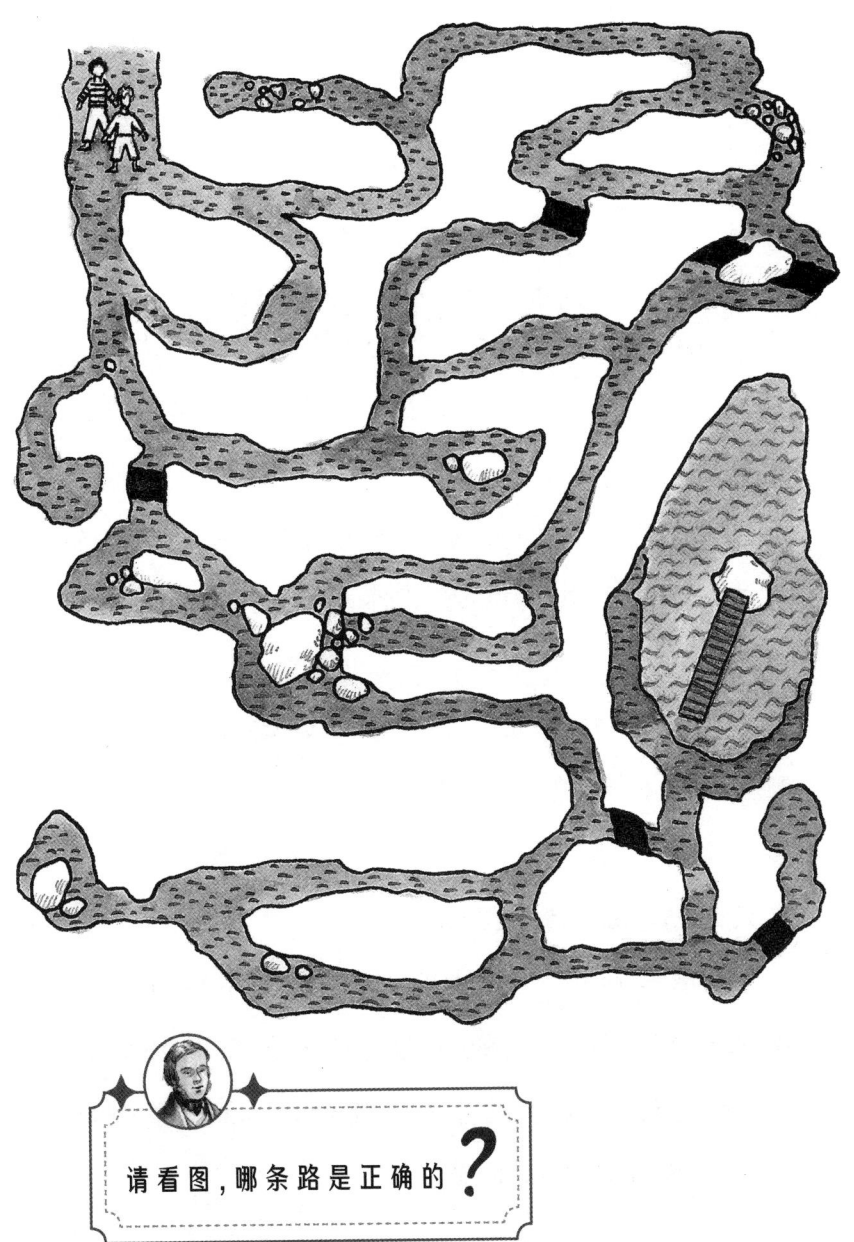

请看图,哪条路是正确的?

八
铁手船长的陷阱

"这隧道什么时候才到头呀!"到了下一个岔口,伊力不禁嘀咕道,"你确定这迷宫还有出口?"

嗅嗅选择了左边的岔路,边走边答:"试试吧,这回也和前几个岔口一样,咱们先选一条路,如果它行不通,咱们就拐回去选另一条。这样走下去,总会到某个地方的。"

"谁知道呢,"伊力反对道,"说不定那个铁手船长就是个古怪的人呢。万一他只是神经错乱,就想造个迷宫捉弄人。或者,没准儿整个藏宝的故事都是瞎编的呢。"

恐龙岛的秘密

"不会的。"嗅嗅反驳道,"谁会吃饱了撑的干这样的事?况且,'鱼眼'和'西班牙人'都是他以前的手下。如果藏宝的事是假的,他们为什么还这样穷追不舍?"

伊力若有所思地挠了挠头,眼睛依然留意着前方,以便及时躲过陷阱。

"从'杰克刀'给我讲的那些故事来看,铁手船长是个精明的人。"嗅嗅接着说,"他足智多谋,总能以智取胜。那些掠夺过来的宝藏是他一生的心血,他把它们藏到了一个安全的地方,并为此制作了一张藏宝图。哪怕藏宝图落入了他人手中,也不会轻易被破译。或者,他也想借此寻得一个具有聪明才智的人,来继承他的财富。因此,他费尽心思,在通往宝藏的路上布置了重重陷阱、重重机关。也许他认为,只有像他这样头脑灵活的聪明人才配得到他的财富。"

伊力咧嘴笑着说:"哈,那你自诩就是铁手船长的继承人了?!"

"我当然不是继承人。"嗅嗅笑着摇了摇头,"首先,咱们连宝藏的影子都还没见着;其次,是达尔文先生帮咱们破译了数字密钥。"

"你说得对。"伊力点点头,"瞧,前面越来越亮堂了!也许咱们就要走出迷宫了?"

两个男孩沿着隧道,继续向前,最终来到了一个巨型溶洞。这里宛若一个宽敞通透的大堂,两个男孩从未见过规模如此之大的溶洞,不由得心生敬畏。

嗅嗅与伊力站在洞口的平地上。前面是陡峭的悬崖,岩石崖壁围成了一个圈,下面二十多米深的地方是一片平湖,水流潺潺,轻柔地触碰着崖壁。水里的光亮飘忽不定,为溶洞提供了淡淡幽光。

恐龙岛的秘密

更令人叹为观止的是溶洞内部：一个约二十米高的塔状的巨石傲然伫立在湖中央，与崖壁毫无相连之处，而巨石的顶部恰好与嗅嗅脚下的平地等高。

"石塔"顶端有东西熠熠发光，犹如灯塔上的指明灯。两个男孩把目光聚焦在"石塔"顶部的平缓之处，那里流光溢彩、璀璨夺目，是铁手船长的宝藏——成箱的宝石、珍珠、首饰、钱币，还有成堆的金条、银条！

两个男孩惊叹得说不出话来，几乎难以保持正常的呼吸。他们直愣愣地凝望着"石塔"上的财宝，找不出合适的字眼儿来表达此刻的心情。他们甚至连眼睛都不敢眨一下，生怕闭眼的瞬间，宝藏就会消失不见。眼前的一切看似虚妄，如南柯一梦，却如此真真切切出现在眼前！

"我想，我是在做梦吧。"嗅嗅呢喃着。

"天哪,我们竟找到了铁手船长的宝藏!"伊力深吸了一口气说,"真令人难以置信。"

嗅嗅恋恋不舍地把目光从那些奇珍异宝上移开,仔细观察着这"石塔"。他发现,这些宝物并未被直接置于"石塔"之上,而是放在了一个木栈道上。宝藏压在栈道的末端,栈道的另一端如同跳板,悬浮在空中。栈道延伸至悬崖边,临近男孩们所站的平地。整个构造乍一看并不怎

恐龙岛的秘密

么稳固。

"我从来没想过,咱们竟然能走这么远。"伊力说,"不过,现在还有另外一个难题。"

"嗯?"嗅嗅嘴上回应着,脑子里依然琢磨着木栈道的奇特构造。

"你看,"伊力继续说,"估计你也注意到了,这个大洞没有出口,至少我还没找到。'鱼眼'和

'西班牙人'肯定还在后面追着咱俩。咱们虽然找到宝藏了,但是怎么把它们运走呢?回去的路上,他们俩要是来个'守株待兔'怎么办?再说了,这些宝物肯定重得离谱儿。"

这番话让嗅嗅从沉思中清醒了过来。"的确是,"过了片刻,他答道,"这个溶洞应该还有另一个出口。铁手船长不会那么大费周折,沿着咱们来时的路把财物搬到这里。"

"为什么不会?"伊力感到费解。

"首先,他不可能把所有这些珠宝、金条、银条,都拖到水塘底下有裂缝的地方,再跑到迷宫里绕这么多弯;其次,他也不会一次次地冒险走这个摇摇晃晃的栈道,把这些财宝搬到湖中心的'石塔'上。"

"你这个天才觉得另一个出口在哪儿?"

嗅嗅没有理会这样的玩笑话,继续思索,说

恐龙岛的秘密

道:"另一个出口肯定是存在的,等我们走到'石塔'上,估计能看出些眉目。咱们辛辛苦苦找到的宝藏,决不能把它们拱手送给那两个海盗。"

伊力端详着前方的木栈道。悬空的那一端,离他们所站的地方只有一步之遥。沿着栈道再走大约十米,就能拿到宝藏。栈道上的每块木板底部,均由大腿一般粗的横梁连接固定。

"这栈道不像是要散架的样子。"经过一番勘察,伊力得出了结论。他向嗅嗅伸出了左手:"我不得不承认,你的确比我强壮,这是事实。所以,等会儿我试着爬到栈道上的时候,你得保护我。毕竟,我还想向你证明,我伊力从不是懦夫!"说着,他笑了:"不管那两个海盗会不会来,在这之前,我都要把口袋里塞满黄金。我还可以利用这个机会,看看石塔上有没有别的出口。"

他刚要抬脚,却一把被嗅嗅拉住:"切记,你

回来的时候,只能拿很少的财宝。如果你太贪婪,就很可能遭到铁手船长的报复。我发现,这个栈道是个陷阱!"

嗅嗅的话是什么意思?

九
海盗的报复

伊力小心翼翼地迈出一只脚，把它伸到木栈道上，再把身体重心慢慢移到上面。在此过程中，他的小臂被嗅嗅紧紧地抓着，以防万一。随着伊力一点点在栈道上站稳，受力的木栈道发出了令人担忧的吱嘎声。所幸，放有宝藏的那端仍纹丝不动，只是悬空的这端被稍稍压弯了。

伊力把另一只脚也迈到了栈道上，手臂仍被嗅嗅紧紧抓着。过了片刻，他松开了嗅嗅，本能地张开双臂，保持平衡。他一步步地向宝藏走去，像一个表演走钢丝特技的杂技演员。

他成功地走到了栈道的另一端。面对铁手

船长留下的财富,伊力都不知道应该先拿什么了。他走到其中一个宝箱前,满怀敬畏地抚摸着最上面的几颗宝石。

"怎么样,能看到别的出口吗?"嗅嗅急不可耐地问道。

琳琅满目的宝物近在眼前,伊力实在挪不开自己的眼睛。他仓促地环顾了一下四周,摇了摇头,说:"没有,我没看到出口。"语罢,他便继续沉浸于这一片奇珍异宝之中,动动这个,摸摸那个。"我到底该带走哪几样呀?"他冲嗅嗅喊道,"每一个都这么漂亮!"

他左手拿起一颗黄如猫眼的宝石,右手拿起一颗红如鸽血的宝石,把它们双双举起,让嗅嗅帮忙参谋。突然,伊力面色大变,狂喜中的目不暇接,乍然化作了惊恐的手忙脚乱。

嗅嗅还没反应过来,身后便响起聒噪又嘶

恐龙岛的秘密

哑的吼声:"看!这两个臭小子,竟把财宝给找到了!"是"鱼眼"来了!他走进了溶洞,身后跟着"西班牙人"和达尔文先生。他们三人也从水底的缝隙一路找到了这里,浑身都湿透了。

"我的天哪!"达尔文先生不禁喊出,"嗅嗅,伊力,你们俩怎么说不见就不见了?万一出了事

可怎么办!"

"达尔文先生,"嗅嗅索性摊牌,"他们俩是海盗,是不会把宝藏分给咱们的!"

查尔斯·达尔文惊愕地看了看"鱼眼",又瞅了瞅"西班牙人"。"西班牙人"的手中,陡然多出了一把明晃晃的尖刀。

恐龙岛的秘密

"你这个小滑头,算你识相!""鱼眼"喊道,声音阴狠,"我可告诉你们,我的这位西班牙朋友不苟言笑,他的刀子也不长眼睛。你们要是不想和他结怨,就乖乖地照我说的做。"随即,他冲伊力喊道:"你,把那肮脏的小爪子从我们的宝贝上拿开,立马滚回来!"

"好好好,"伊力连忙应答,"我这就回去。"

伊力平衡着自己的身体,小心翼翼地沿着木栈道往回走。刚迈上平地,他就被"鱼眼"一把抓住衣领,丢到了嗅嗅与达尔文先生身边。

"您逃不掉的,"达尔文先生怒了,"船长知道这事后,一定会把你们送上法庭的!"

"鱼眼"狡黠一笑:"呵呵,您想多了。要是把你们在这儿灭了口,船长还能知道吗?"

听到这话,嗅嗅与伊力吓得魂飞魄散。

"您至少要放过孩子们吧?"达尔文先生依

旧保持镇静,恳求道。

"少废话!""鱼眼"愤愤地说道,眼球更加凸出了,"这俩小坏蛋把我折腾得够呛。等一会儿把这些宝贝运到岸上,我还得要你们搬呢!"

"鱼眼"望向宝藏,凸起的眼睛里写满了"贪心"二字,而"西班牙人"则站在平地上,拿刀威胁着达尔文先生、嗅嗅与伊力。

"鱼眼"纵身一跃,跳到了木栈道上,他远没有伊力那般谨慎。他的贪欲,让他恨不得一下子就蹿到栈道的另一端。木栈道骤然承重,自然向下弯曲,他慌得疯狂地摇动着手臂。此刻,达尔文一行三人多么希望"鱼眼"就此落水,然而不知怎的,这名海盗及时稳住了,并很快走完了剩下的路。

一走到宝藏跟前,"鱼眼"便欣喜若狂、疯笑不已。他一次次把手伸进宝箱,一次次捧起奇珍

恐龙岛的秘密

异宝,任由它们从指缝掉落,发出叮叮当当的脆响。

"我有钱了!发财了!"他高呼,"铁手,你想不到吧,所有人当中,只有我得到了你的宝藏。哼,谁让你小看我,你这个目中无人的吝啬鬼!"

随即,"鱼眼"搬起一个塞满金币的箱子便往回走,嘴里不断发出"吭哧"的声音。没走几米,他已气喘吁吁,大汗淋漓。然而,他根本没有留意到,栈道悬空的那半段已经向下弯曲得很厉害了。

嗅嗅屏住了呼吸。如果他之前的分析没错,现在势必会发生些什么。一直保持淡定的"西班牙人"也变得紧张起来。

"鱼眼"搬着宝箱,走到了栈道的末端。他没想到,悬空的这端竟足足被压低了两米,木条摩

擦的吱嘎声、断裂的咔嚓声此起彼伏。而放置了宝藏的那端则隐隐有要抬起之势，有的宝箱开始向前滑动。

"西班牙人"赶紧跑到平地的边缘，在悬崖边蹲下来，"把箱子扔上来！"他用蹩脚的"西班牙式英语"冲"鱼眼"喊。

"想得美！"下面传来了"鱼眼"的吼声，"这是我的！"

恐龙岛的秘密

嗅嗅与伊力心照不宣地对视了一眼。看来，他们俩想到一块儿了："西班牙人"正背对着他们，反击的时候到了，这也许是他们唯一的机会了！

他们俩一个箭步跳上前去，从后面猛推了"西班牙人"一把。换作平常，这个强壮的男人完全可以抵挡住男孩们的袭击。可"西班牙人"现在蹲着，身体重心完全在脚尖。他所有的注意力都在宝箱上，而下面的"鱼眼"更是不顾安危，坚决不肯把宝箱交出来。

被推了一把的"西班牙人"一下子失去了平衡，骂骂咧咧地向前栽倒，掉到了栈道上。突然又多了一个人的重量，栈道再也无法维持平衡，如跷跷板一般，放有宝藏的另一端彻底抬了起来，上面的宝物快速地向前滚动，"鱼眼"和"西班牙"人所站的那端也被压得更低。最后，整条

栈道脱离了石塔,上面的人与物通通坠入水中。随着巨大水花的溅起,两个海盗的踪影消失在纷纷而下的金银珠宝中。

　　站在悬崖边的达尔文先生、伊力与嗅嗅被这场面惊呆了。

恐龙岛的秘密

很快,"鱼眼"与"西班牙人"再次浮出了水面,他们气急败坏,一个劲儿地冲岸上咒骂着。同时,他们还得不停地踩水。周围的崖壁被水流打磨得十分光滑,根本找不到可抓可攀之处。

"铁手船长的陷阱奏效了。"伊力平静地叹息道。

"唉,都是'鱼眼'太贪心了。"嗅嗅惋惜地摇了摇头,"那么多宝贝,一下子都没了。"

"你们应该高兴才对,幸好人没事。"达尔文先生在一旁说道,"要不然这就不只是冒险了,谁知道会发生什么不测呢。"

两个男孩愧疚地点点头。

"不过,我也必须要说,"达尔文先生笑着补充道,"你们刚才的行动真是勇敢又果断,佩服!"

"那两个海盗现在怎么办?"嗅嗅问道,"咱

们的绳子没那么长，我也不知道该怎么拉他们上来。这石壁太滑了，根本没法儿爬上来。"

"不用担心这两个恶棍，"达尔文回答，"水下一定还有另一个出口，直接通向大海。"

伊力与嗅嗅不解地看着达尔文先生。从他们站的地方望去，根本看不到出口的踪影。

请看图，是什么表明了此洞与大海相连？

十
窃贼归案

达尔文先生大喊着告知水中的两名海盗，要潜到水下才能找到出口。说罢，他便与两个男孩一起往回走，快步穿过了迷宫。能毫发无损地经历这样一场冒险，三个人都舒了一口气，尽管嗅嗅仍在为葬身海底的宝藏黯然神伤。

他们已经知晓了水底隧道的大致长度，所以返程也感觉不那么艰难了。等到三人安然无恙地回到水塘边，时间已接近正午。达尔文先生收拾好自己的器具，便和嗅嗅、伊力踏上了返回营地的路。嗅嗅与伊力仍回味着经历的一切，无心看路。他们心不在焉地跟在达尔文先生身后，完

恐龙岛的秘密

全信赖科学家的方向感。

  远远地,已经能望见帐篷营地了。达尔文先生转向两个男孩,弯下腰。"现在,你们好好听我说。"他的神情严肃,"我知道你们俩是偷偷离开的,回去可能少不了麻烦。所以你们就说,是我要你们来当我的助手,帮忙采集样本的。"

  嗅嗅与伊力感激地望着他,可达尔文先生还没说完:"还有一件更为重要的事,那些宝藏已沉入水中,溶洞的崖壁又陡峭得直上直下,宝藏应该掉到很深的水底了。不过,这并不会阻挡淘金人和寻宝者的脚步。也就是说,一旦有更多人知道这里有宝藏,就会千里迢迢、不辞辛苦地来寻找。"

达尔文恳切地盯着两个男孩,继续说:"可是这座岛,或许与科隆群岛①的其他岛屿一样,是个奇异岛。这里生存着许多稀有的动物种类,在任何其他地方都找不到,这才是岛上最大的宝藏,而不是那些金银珠宝。"稍微停顿了一下,科学家又充满感慨地说:"这些独特的宝藏,需要我们不惜一切代价去保护。可你们知道吗,对这些岛屿而言,成群结队的寻宝者就是最大的威胁与天敌。那些眼里只有金子的人,会毫无顾忌地践踏一切,更会为了饱腹,甚至只是因为无聊而肆意猎杀动物。"他把双手分别放在两个男孩的肩膀上:"所以铁手船长的宝藏,是咱们要埋在心底的秘密,明白吗?"

嗅嗅与伊力郑重地点点头。

---

①太平洋上位于南美洲大陆西部约一千千米处的火山岩群岛;群岛隶属于厄瓜多尔,其西班牙语名字为加拉帕戈斯群岛,官方名称为科隆群岛。17世纪时,这些群岛是海盗们钟爱的藏身之地。

恐龙岛的秘密

"要是那两个海盗被船长抓过去审问,他们也不会说吗?"嗅嗅担忧地问道。

达尔文先生笑了笑:"他们应该会尽可能地保守这个秘密,也许他们还奢望着能再回来找宝藏呢。不过,我会先向船长揭发'鱼眼'和'西班牙人'的海盗身份,然后再告发这两个人用刀威胁咱们的事。这样,他们很长时间内都无法再回到这个查塔姆岛了。"

伊力与嗅嗅发誓,一定会严守铁手船长宝藏的秘密。

他们回到营地时,那里正乱得一团糟:"杰克刀"正抓狂地寻找嗅嗅,闹得"小猎犬号"的好多船员心神不宁。

现在,嗅嗅不得不先挨完厨师劈头盖脸的一顿骂。等终于有机会说话了,他便解释说,是达尔文先生要他与伊力帮忙取样,他们三人一大早

就离开了,他不忍心叫醒"杰克刀",这才稍稍安抚了厨师。

在此期间,达尔文先生去见了船长,并告诉他,舰队里有两名船员实为海盗。"鱼眼"和"西班牙人"还曾经拿刀威胁过自己,后来这两个恶棍乘着小艇沿着海岸线一路向北逃跑了。

船长听罢,立即派出一群武装水手,让他们

恐龙岛的秘密

驾一艘快艇去抓那两名海盗。没过多久,在距悬崖北面还有一段水路的地方,精疲力竭的"鱼眼"与"西班牙人"就被逮了个正着。看来,他们是在逃亡的时候翻了船。

这两人手臂上的文身证实他们曾是铁手船长的手下,是海盗。罗伯特·菲茨罗伊船长随即把他们关进了一个封闭的船舱。在"小猎犬号"返回英国之前,他们会一直被关在那里。回到英国,等待着他们的就是法庭的审判。

到了第二天,嗅嗅与伊力激动与紧张的心情渐渐平息。午餐后,他们坐在一起,聊起这次的经历。

"不管怎么说,那些宝藏都好可惜。"嗅嗅扼腕叹息道,"现在,它对任何人都没有意义了。你说,有这么多宝贝,能干多少事呀!"

"如果你有了这么多宝藏,你会做什么?"伊力问道。

"我呀,"嗅嗅回答,"肯定先去买一堆好吃的,再找个漂亮的地方住下来。"他挠了挠下巴:"然后,我想去上学,以后上大学。要是我也能成为一名学者该多好,就像达尔文先生那样。"继而,他低头惆怅地盯着地面:"唉,等回到伦敦,只要我不用再睡在大街上,我就谢天谢地了。"

伊力凝视着嗅嗅。"真对不起,"他低声说,"我以前竟然总说你是街头混混儿,其实你是个

恐龙岛的秘密

大好人。如果你不介意,咱们可以做朋友。"他向嗅嗅伸出了手。

厨房男孩喜出望外,抬起头来。他兴奋着抓住伊力的手,握了握。"朋友!"他郑重地说道。

伊力沉默了片刻,从裤兜儿里掏出些东西。"这是我欠你的,因为在迷宫里,你救了我的命。"他说道,眼里闪烁着神秘的光芒。

嗅嗅疑惑地看着他。

伊力摊开手,两颗美轮美奂、大如玻璃弹珠的宝石映入嗅嗅的眼帘。

嗅嗅目瞪口呆。它们正是伊力在"石塔"上展示给他看的那两颗宝石。

"'鱼眼'他们进来的时候,"伊力自豪地解释说,"我手里还拿着它们。我把它们塞进了口袋,根本没人注意到。你选一个吧。我不知道它们值多少钱,但是去换些大学的学费,应该足够啦!"

嗅嗅着迷地瞅瞅红宝石[①],又瞅瞅猫眼石[②]。"我……我以为你……"他结结巴巴,不知说什么好。

"快选一个,"伊力笑着说,"别犹犹豫豫的!"

[①]红宝石,红色宝石,贵重的装饰品。它的主要成分是氧化铝,因其含有少量铬元素而呈红色。

[②]猫眼石,具有猫眼效应的金绿宝石,又称"猫儿眼""猫睛""猫精",是珠宝中稀有而名贵的品种。猫眼石与鸽血红宝石皆为罕见名贵的宝石。猫眼石只产于斯里兰卡,鸽血红宝石则主要产于缅甸,而书中的科隆群岛位于南美洲大陆西部约一千千米处的太平洋上。遥远的地理距离暗示了海盗的掠夺范围之广。

恐龙岛的秘密

嗅嗅小心翼翼地拿起那颗红如鸽血的宝石，慎重地将它放入了自己的口袋。他仍然沉默着，有些无所适从。面对如此珍贵的礼物，他实在不知该怎样答谢。但有一点可以肯定，他将永远珍视它。

就在这时，存放物资的帐篷里传出了愤怒而响亮的咒骂声。它来得正好，帮嗅嗅与伊力打破了沉默。他们立马跑了过去。

"奇怪！""杰克刀"站在帐篷里嚷道，拳头抵在腰间，"你们瞅瞅，这么大的家伙！"

眼前的景象着实令人印象深刻。两只像衣柜那么大的乌龟，正缓步徜徉于物资之间，舔舔这个，尝尝那个。还有一只手掌般大小的乌龟穿梭在它们之间，焦急地去抢两只巨龟①吃剩下的

---

①这两只巨龟的学名为加拉帕戈斯象龟，是现存体形最大的陆龟，体长约1.2米，寿命可达200岁。

东西。"杰克刀"的咆哮,还有逐渐聚集过来的围观者,似乎没给它们造成丝毫的困扰。其中一只巨龟张开了像鸟喙一样的嘴,伸长了脖子弯向地面,咬了一口地上的苹果,津津有味地嚼着。

"原来,这就是我前天要跟踪的窃贼呀!"嗅嗅笑着感叹道。

恐龙岛的秘密

这时,达尔文先生也进了帐篷。"天哪,这些标本也太美了!"一看到这些动物,他喜不自胜,"我从来没见过这么大的乌龟。嘿,还有一只刚出生没多久的小龟!我可要好好地研究一下它们。这个岛,真的处处是奇迹!"

就这样,那些贪吃的窃贼也算是"归案"了。在科考队的营地里,这些巨龟显然倍感"宾至如归",达尔文建议将它们隆重纳为"小猎犬号"的新船员,并分别赐名"汤姆""迪克"与"哈利"。当然,对这三位新成员来说,只要让它们能继续享用这些物资,怎样安排都是好的。

答案

一 / 水中游龙

这些蜥蜴是食草动物,也是变温动物。它们躺在太阳下一动不动,是在晒"日光浴"——长时间潜水后,这是它们升高体温的唯一途径。

二 / 贪吃的窃贼

帐篷后面的帆布被扯破了一个洞,洞外有一条留下了脚印的小路,通向岛屿内陆。

三 / 惊人的发现

这张纸被掖在"鱼眼"的裤腰里,从他上衣下方露出了一个角。

四 碎纸片上的谜团

```
10-9-14-7   26-9
4-5   26-21-15   13
23-1-14-7   2-1-15

24-9   14-9-21
9-1-1-14   20-15-14-7
26-1-14-7
```

北

查塔姆岛

五 宝藏密钥

数字代表字母在字母表中的位置，即 1=A，2=B，3=C，以此类推。这行数字可译为："镜子犀牛的左面通往宝藏。"

117

六 隐匿的入口

"鱼眼"伸出胳膊与达尔文先生握手时,衬衫袖子随之上移了一些。嗅嗅立即看到了"鱼眼"有文身的小臂,上面文着一个握紧的拳头——那是铁手船长的标志。这说明,这两个水手曾经在铁手船长的海盗舰队效力。

七 潜入未知

八 铁手船长的陷阱

栈道之所以能保持水平，是因为"石塔"上沉甸甸的宝藏压在上面，有一端被固定住了。倘若悬空的那一端被放上重物，栈道就会失去平衡，进而翻倒。因此，伊力不可携带过重的宝物回来。

九 海盗的报复

岩壁上有几束光，斜着射入水中，照亮了沉于水底的珍宝与整个藏宝洞。这些光束来自外面，因此潜入水中，即能找到洞穴的出口。

查尔斯·罗伯特·达尔文生平大事年表

1535年　西班牙航海家发现科隆群岛。

1809年　查尔斯·罗伯特·达尔文出生于英国,他是家里的第五个孩子。

1825年　达尔文遵从父愿,在爱丁堡大学攻读医学。

1828年　达尔文中断了医学专业的学习,转学至剑桥大学攻读神学。

1831年　达尔文以博物学者的身份登上"小猎犬号"探测船,开始了环游世界的动植物科考航行。

1832年　科隆群岛被划为南美洲国家厄瓜多尔的领土。

1835年　"小猎犬号"抵达查塔姆岛。在那里以及周

           边的岛屿上，达尔文进行了大量考察并采集了许多动植物标本。
1836 年　"小猎犬号"探测船结束环球航行返港。
1839 年　达尔文开始进行生物进化问题的研究。
1859 年　达尔文的名著《物种起源》一书出版。
1871 年　《人类的由来及性选择》一书问世。
1882 年　达尔文在英国逝世。
1934 年　科隆群岛被厄瓜多尔政府列为自然保护区。
1959 年　科隆群岛 90% 的面积被开辟为国家公园。
1964 年　坐落于圣克鲁斯岛的达尔文研究所成立，该岛东侧便是查塔姆岛。
1978 年　科隆群岛被联合国教科文组织列入《世界自然遗产名录》。
1998 年　科隆群岛周围 79.9 万平方千米的海域被厄瓜多尔政府划为海洋保护区。

查尔斯·罗伯特·达尔文
——现代进化论的创始人

好奇心与怪味儿——达尔文的童年

在家里的六个孩子中,查尔斯·达尔文排行第五。他的成绩一直不突出,对学校里所学的知识也不感兴趣。即便如此,科学家往往具备的两个潜质已在达尔文身上展露无遗:好奇心与对实验的兴趣。他常伴哥哥伊拉斯谟左右,整日躲在棚子里做化学实验,身上也难免沾染刺鼻、恶臭的怪味儿。因此,同学们给他起了"煤气达尔文"的绰号。达尔文的老师责备他成天为了这些恶作剧而浪费青春,姐姐们也无不担忧——生怕他哪天把家里炸出个窟窿。

达尔文酷爱读书,尤其是涉及地理大观、异域风情的书籍。此外,他也时常帮母亲打理花园,接触到了植物学的基础知识。他还热衷收藏,从邮票到昆虫标本,他在房间里堆满了能想到的所有东西,却没有一样是让父母看了高兴的。

好吃懒做还是如饥似渴
——达尔文的求学之路

达尔文的父亲早早替儿子做了决定——达尔文应该学医,可达尔文并未在其中找到兴趣。他的父亲只能愤怒地改变决定,让这个"好吃懒做"的儿子转读神学。换了专业的达尔文依旧敷衍了事——保证必考科目及格即可,却把大部分时间投入到了他真正热爱的领域:地质学与生物学。

达尔文就读于著名的剑桥大学。在那里,他结识了许多不同专业的教授,其中不乏自然科学专家。他像海绵吸水一样,如饥似渴地汲取着自然科学知识。

1831年,罗伯特·菲茨罗伊船长准备进行一次科考航行,需要一位随船航行的博物学者,便求助于剑桥大学。老师们很快想到了查尔斯·达尔文,那个对自然科学如饥似渴的神学专业学生。尽管达尔文的父亲认为这样的航行纯属浪费时间,并多次劝阻,可达尔文还是毅然踏上了环游世界的考察之旅。这次航行改变了他的一生。

自然选择——达尔文的进化论

对科隆群岛的访问，促使达尔文对当时盛行的物种起源的理念产生了怀疑。在他生活的年代，人们普遍认为所有动植物皆由上帝创造，不会改变。

此次科考之旅结束后的几年间，达尔文提出了一个理论：动植物为了更好地适应环境，会改变自身的某些特征。他把这个进程称为"自然选择"，它的核心现象体现在同一物种的后代会随机出现生理差异，那些最能适应环境的后代存活概率更高。因此，它们可以说是被大自然"选择"的。这些被选中的"幸存者"将保留它们新的生理特征，并将其传给后代。自然选择的进程也以此循环。

在千百万年的进化史中，许多物种为了更好地适应它们周边的环境，其自身不断进行着细微的改变。正因为有自然选择，科隆群岛上的一种燕雀最终演变出了多个雀种。这就是所谓的进化。

1859年,达尔文将此理论发表。得到极大认可的同时,他也听到了许多批评的声音,尤其是来自教会的批判:教会指责他质疑《圣经》里写的"上帝创造了所有物种"。除此之外,达尔文提出,人类与猿猴可能有共同的祖先,这在许多人看来,简直是无稽之谈。他的理论尽管在当时褒贬不一,但随着时间的推移,进化论的接受度越来越广,在当今也得到了证实。

"小猎犬号"科考之旅中搜集的大量动植物标本为达尔文的进化论提供了依据。他的理论回答了困扰人类已久的问题："我们是怎么来的？"这使达尔文成为历史上最重要的自然科学家之一。

　　顺便说一下，那三只分别叫作"汤姆""迪克"和"哈利"的巨龟的确被达尔文从科隆群岛运回了英国，当时的"哈利"还只有手掌般大。后来，人们发现哈利是一只母龟，便把它更名为"哈利特"。它比达尔文多活了一百多年。2006年，它以176岁的高龄在澳大利亚的一家动物园里辞世。